AF461127

1898 - Avril. 21

Collection de M. G***

BUSTE EN MARBRE

Époque Louis XIV

VUES DE PARIS

Dessins anciens

TABLEAU PAR F. ROYBET

Dessins de Maîtres modernes

VITRAUX ANCIENS

GRAVURES & LITHOGRAPHIES DE L. BOILLY

DONT LA VENTE AURA LIEU

HOTEL DES VENTES, SALLE N° 11

Le Jeudi 21 Avril 1898

A deux heures

Me SANONER
Commissaire-Priseur
27, rue de Châteaudun, 27

MM. GANDOUIN, père et fils
Experts
70, faubourg St-Honoré, 70

Chez lesquels se distribue ce catalogue

EXPOSITION PUBLIQUE

Le Mercredi 20 Avril 1898, de 2 h. à 5 h. 1/2

Collection de M. G***

CATALOGUE

D'UN

BUSTE EN MARBRE

Époque Louis XIV

VUES DE PARIS

Dessins anciens

TABLEAU PAR F. ROYBET

Dessins de Maitres modernes

VITRAUX ANCIENS

GRAVURES & LITHOGRAPHIES DE L. BOILLY

DONT LA VENTE AURA LIEU

HOTEL DES VENTES, SALLE N° 11

Le Jeudi 21 Avril 1898

A deux heures

Me SANONER	**MM. GANDOUIN, père et fils**
Commissaire-Priseur	*Experts*
27, rue de Châteaudun, 27	70, faubourg St-Honoré, 70

Chez lesquels se distribue ce catalogue

EXPOSITION PUBLIQUE

Le Mercredi 20 Avril 1898, de 2 h. à 5 h. 1/2

CONDITIONS DE LA VENTE

La vente sera faite *expressément* au comptant.

Les acquéreurs paieront en sus des adjudications *cinq pour cent.*

L'exposition mettant le public à même de se rendre compte de l'état des objets, il ne sera admis aucune réclamation une fois l'adjudication prononcée.

Paris. — Imp. Ménard & Chaufour, 8-10, Rue Milton.

DÉSIGNATION

Vues de Paris et des Environs

DESSINS & DOCUMENTS ANCIENS

BOUCHARDON (attribué à)

1 — Portrait d'homme.

Buste marbre.

H. 0m70.

ALAVOINE

2 — Souvenir d'un des projets de M. DENON pour la fontaine de l'éléphant, place de la Bastille.

Aquarelle rehaussée d'or. Signée datée 1811.

BAZIN

3 — Le Carré des Innocents.

Cette place de la Halle où était la fontaine des Innocents est entourée des hangars des différents vendeurs de comestibles, au milieu une foule innombrable entoure la fontaine et les marchands à éventaires. L'on y voit la maison de Paul Niquet.

Gouache des plus curieuses exécutée vers 1840. Signée.

BÉRICOURT

4 — Vue de la Bastille pendant la démolition, 1790.

Plume et lavis.

BÉRICOURT

5 — Triomphe de Bailly, maire de Paris.

Bailly porté sur un pavois accompagné des 3 ordres et de la Garde nationale. Au loin démolition de la Bastille.

CAUNOIS

6 — Médaille commémorative de la Charte de 1830, pour les députés, et le duc d'Orléans nommé lieutenant général du royaume de France.

Mine de plomb.

CAVELIER (Père)

7 — Projet de médaille pour le Concours des départements au rétablissement de l'ordre à Paris en 1848.

Dessin à la mine de plomb.

CELLERIER

8 — Projet pour une Chambre législative avec buste de Bonaparte.

Plume et aquarelle. Signé

CLERGET (HUBERT)

9 — École Arago à Paris.

Vue extérieure et intérieure.
Lavis.

CLERGET (HUBERT)

10 — L'Hôtel de Ville de Paris ; au-dessus de sa vue, croquis représentant sa reconstruction.

Crayon et lavis rehaussé.

COYSEVOX

11 — Tombeau pour le cardinal Mazarin.

Premier projet de celui conservé au Musée du Louvre.
Plume et lavis.

DEMACHY

12 — Vue du port Saint-Paul.

Vue du quai et de la porte Saint-Bernard.

Deux magnifiques gravures en couleur par DESCOURTIS.
Encadrées.

DEPEBAN

13 — Barrière de Paris, en ruines.

Lavis signé 1821 (Barrière des Rats).

DESRAIS

14 — Cérémonie funèbre pour un Général de la Ire République.

Plume et bistre.

ÉCOLE FRANÇAISE

15 — Fête de nuit à Saint-Cloud vers 1800.

Gravure en couleur, gouache.

ÉCOLE FRANÇAISE XVIIe SIÈCLE

16 — Vue du Petit arsenal et de la Bastille; prise de la Rive gauche de la Seine.

ÉCOLE FRANÇAISE

17 — La République couronnant Bara, dans le fond le Panthéon.

Lavis.

ÉCOLE FRANÇAISE

18 — Hygiea. Dessin à la pierre noire.

Dessin de la peinture à fresque qui ornait l'escalier de l'Ecole de médecine sous Louis XVI.

ÉCOLE FRANÇAISE XVIIe SIÈCLE

19 — Le roi Louis XIV enfant et les échevins de la Ville de Paris.

Plume et lavis.

GUILLON

20 — Vue de la pompe Notre-Dame.

Mine de plomb rehaussé.

HERVIER (Adolphe)

21 — La Rue de la Tonnellerie et la maison où est né Molière, angle de la rue du Contrat-Social.

Magnifique aquarelle représentant cette curieuse rue que le populaire avait surnommée les Piliers des Halles. Signée. Datée, 1848.

JANINET

22 — Vue de la cour du Palais des Quatre Nations (Institut).

Précieux et joli dessin à la plume et aquarelle reproduit par le maître; en couleur.

LAMI (Eugène)

23 — Vue de la place de la Concorde vers 1848.

Aquarelle. Signée.

LEVIS

24 — Vue du Pont Neuf et de l'île de la Cité en 1843.

Effet de neige.
Aquarelle. Signée. Datée.

MANSART

25 — Plan pour Monseigneur d'Halincourt.

Plume et aquarelle.
Plan d'un château et jardin élevé à Chagny près Versailles.
Plan signé et daté, 1676.

MARLY (Seine-et-Oise)

26 — Plans des aqueducs et profil de la machine de Marly. Maison du garde et plaque commémorative exécutées sur les ordres d'Angiviller.

MICHEL (Georges)

27 — Vue du moulin de Saint-Ouen.
Au revers : Vue des quais de Paris prise du Pont Royal.

Dessins aquarellés.

MOITTE

28 — La République française couronnée par le génie.

Représentée assise entourée d'une foule. Devant elle s'avancent les savants, les artistes et les élèves.

Au bas est écrit : Le Comité autorise l'exécution, ce 26 messidor, an 3. Mossieu.

Plume et lavis.

MONGIN

29 — Vue de la lanterne de Diogne au parc de Saint Cloud en 1819.

Gouache.

MONGIN

30 — Vue de la place de la Concorde en 1819. Prise de la Chambre des députés.

Gouache.

MOREAU (LE JEUNE)

31 — Décoration du feu d'artifice pour la naissance du Dauphin, 1781.

Très beau et important dessin à la plume *aquarellé* et gouache.

Modèle qui a servi pour la fête donnée à Paris près l'Hôtel de Ville.

MOREAU (LOUIS)

32 — Vue du lac d'Ermenonville et de l'île de Jean-Jacques Rousseau.

Dessin à la mine de plomb.

NUMA

33 — Vue de la place du Château-d'Eau en 1850.

Signé. Daté.

PERCIER

34 — Fronton de monument à la gloire de Napoléon Ier.

Curieux et important dessin à la mine de plomb.

— Deux autres frontons à la gloire de Napoléon.

Crayon et Sépia.

INCONNU

35 — Plan de la ville et faubourgs de Paris avec les armes de MM. les prévôts des marchands, par Berey en 1654.

Plan curieux avec les armes de tous les prévots de Paris et portraits du Roi et de la Reine.

RICOIS

36 — Vue de Paris. Prise de la terrasse de l'Observatoire en 1819.

RICOIS

37 — Vue de Paris prise du Luxembourg en 1826.

Signé.

RICOIS

38 — Vue de Paris prise du Luxembourg. Rive droite.

Signé. Daté 1826.

REIGNIER

39 — Barrière de la Chopinette.

Plume et Sépia.

REIGNIER

40 — Moulin à Montmartre.

Sépia.

VERNIER (CHARLES)

41 — Le Bois de Boulogne en 1856.

Réunion intéressante de promeneurs, cavaliers et v i-tures.

Dessin aquarelle. Signé.

SOUFFLOT

42 — Plan général des nouvelles Écoles de Droit.

Place du Panthéon à Paris.

TASSARD

43 — Louis XV. Dessin à la pierre noire. Statue qui existait avant la révolution à l'Ecole de chirurgie de Paris érigée en 1773.

VERSAILLES (Seine-et-Oise).

44 — Elévation et coupe d'une maison sur le Sentier de la Reine, avec approbation de M. D'Angeviller 1783.

SÈVRES (ancien).

45 — Quinze boutons d'habits porcelaine de Sèvres à fond bleu. Monuments de Paris. Époque Louis XVI.

GRAVURES

46 — Jardin Ruggiery, rue Saint-Lazare.
Saut du Niagara.

Toutes marges.

47 — Liste de MM. les Grands Gardes des six corps marchands de Paris, 1775.

48 — Retour du roi, 8 juillet 1815.

49 — La revanche anglaise. Pâtissier du Palais Royal par J. SHARP.

DESSINS DE MAITRES MODERNES

ANDRIEUX

50 — Retour de fête villageoise.

Aquarelle.

ATTHALIN (LAURENT)

51 — Lisière de bois.

Aquarelle.

BARRY

52 — Sous bois.

53 — Chemin creux.

54 — Paysage.

55 — Route de Village.

Dessins rehaussés. Signés.

BELLEL

56 — Paysage oriental.

Crayon noir rehaussé. Signé.

BERAT (E.)

57 — Feuille de croquis à la plume.

Signée. Datée 1853.

BOILLY (Louis)

58 — Etude de Pieds.

Crayon noir rehaussé.

BOURGEOIS

59 — Vue du Château de Neuilly.

Sépia.

BOUTON

60 — Chapelle en ruines.

Sépia rehaussée.

CHARBONNEL (L.)

61 — Berger à la Source.

Crayon noir.

CHEVRET

62 — Napoléon Ier et le Grenadier.

Crayon et lavis rehaussé. Signé.

CLERGET (Hubert)

63 — Ruines de Pierrefonds.

Mine de plomb rehaussée.

COLIN (Alexandre)

64 — Le premier né.
Sépia. Signé,

COUTURE (Thomas)

65 — Le Joueur de Biniou.
Crayon noir rehaussé,

DAUBIGNY (Charles)

66 — Allée sous bois.
Mine de plomb. Signé,

DELACROIX (Eugène)

67 — Un fauve. Plume.
Cachet de la vente de l'artiste.

DELAROCHE (Paul)

68 — Portrait d'homme.
Croquis.

DEVERIA (Achille)

69 — Trois études de femme. Même feuille.
Sépia.

DIDAY (Jules)

70 — Mare en forêt.
Sépia. Signé.

DORÉ (Gustave)

71 — Épisode de l'histoire de Gulliver.

Sanguine. Signé.

DUMARESCQ (Armand)

72 — Portrait de Franklin.

Dessin rehaussé. Signé.

ÉCOLE FRANÇAISE

73 — Portrait du Pape Pie IX.

Dessin rehaussé.

ÉCOLE FRANÇAISE

74 — Femme en costume Louis XV tenant un éventail.

Crayon noir rehaussé.

FIELDING (Newton)

75 — Lièvre, Glouton.

Deux dessins aquarellés. Signés et datés.

FRAGONARD (fils)

76 — Ermite et pénitente.

Dessin rehaussé.

FRAGONARD (fils)

77 — Mère et Filles.

Sépia. Signée.

FEYEN-PERRIN

78 — Loth et ses filles fuyant Sodome.

Crayon rehaussé.

GÉRICAULT

79 — Croupe de cheval.

Crayon noir.

GREUZE (attribué à J.-B.)

80 — Tête de Jeune fille.

Sanguine.

GUIGNÉ (Alfred)

81 — L'inondation.

Aquarelle. Signée.

GUIGNÉ (Alfred)

82 — Paysage.

Aquarelle. Signée.

HAMILTON

83 — Le Vice et la Vertu.

Sépia.

HUBERT ROBERT

84 — Cinq dessins : Ruines et monuments.

Sanguine.

ISABEY (Père)

85 — Portrait, charge de Constantin. Architecte.

Sépia.

JACCOBBER

86 — Aigle.

Sépia.

JACQUE (Charles)

87 — Histoire de Pichard.

Trente dessins à la mine de plomb. Dans deux cadres anciens en bois sculpté.

Pichard dont Ch. Jacque a ainsi raconté l'histoire était graveur. Au revers un reçu de Ch. Jacque du prix de quelques-uns de ses dessins qui avaient été exécutés pour Philipon.

Nota. — Les détails ci-dessus sont ceux que m'a donné l'auteur.

JACQUE (Charles)

88 — Le Labour.

Crayon noir, avec l'eau forte d'après le dessin.

JACQUE (Charles)

89 — Le Fumeur.

Dessin au crayon noir. Signé.

JACQUE (Charles)

90 — Intérieur d'écurie.

Crayon rehaussé. Signé.

LAMI (EUGÈNE)

91 — Cheval de course et garçon d'écurie.

Aquarelle,

LANÇON

92 — Ours pêchant.

Mine de plomb.

LUMINAIS

93 — Vedette Gauloise.

Crayon noir.

MARTINET

94 — La Grande Catherine recevant le serment des grands vassaux.

Signé. Daté 1813.

MARTINET

95 — Sultan recevant des Généraux français.

Sépia. Daté 1813.

MARTINET

96 — François Ier et Bayard.

Sépia.

MARTINET

97 — Épisode de l'histoire de Turenne.

Sépia.

MARVY (Louis)

98 — Sous bois.

Mine de plomb rehaussé. Signé.

MILLET (J.-F.)

99 — Un ballon.

Croquis au fusain.

MONNIER (Henri)

100 — Monsieur Pot...

Aquarelle. Signée.

MONNIER (Henri)

101 — L'homme sandwich.

Sépia.

RICCARDI

102 — Seigneur Louis XV.

Aquarelle Signée.

ROQUEBOIS

103 — Intérieur d'Eglise.

Sépia. Signée.

RUDDER

104 — Portrait de Georges Sand.

Crayon noir.

RUDDER

105 — Amours, motif de plafond.

SCHNETZ

106 — Hussard et cavalier turc.

Sépia rehaussée. Signée.

SCHAUPERT

107 — Vue du Palais de Saverne.

Aquarelle. Signée.

SOMM (Henri)

108 — Chinois pêchant.

Aquarelle. Signée.

SOMM (Henri).

109 — Japonaise et Européenne.

Aquarelle. Signée

TASSAERT (Octavi).

110 — Le Baiser.

Crayon rehaussé. Signé.

TASSAERT (Octavi)

111 — Baigneuses sous bois.

Croquis rehaussé.

THIBAULT

112 — Fontaine de la villa d'Este.

Aquarelle. Signée.

TOURNEMINE (CHARLES DE)

113 — Paysage en Orient.

Crayon. Signé.

TOURNEMINE (CHARLES DE)

114 — Château en ruines.

Aquarelle. Signé.

TURNER (WILLIAM)

115 — Soleil couchant dans la mer Egée.

Aquarelle.

WILKIE (D.)

116 — Jeune garçon tenant un flageolet.

Aquarelle.

WILLETTE

117 — Le Gourmand.

Croquis.

ZIEM (FÉLIX)

118 — Maison orientale

Aquarelle. Signée.

119 — Sous ce numéro, divers dessins catalogués.

Œuvres de L. Boilly

GRAVURES & LITHOGRAPHIES

120 — L'Envie.

121 — Réjouissance publique.
Sans marge.

122 — Le Déménagement.
Avant le titre.

123 — L'Épouse intéressante.
Sans marge.

124 — Le Jeu de tonneau.

125 — La Rosière.
Coloriée.

126 — L'Été.
Coloriée.

127 — Le Bonnet de la grand'mère.
Coloriée.

128 — La Perruque du grand'père.
Coloriée.

129 — — Les Conseils maternels.
Gravé par TRESCA.

130 — L'Evanouissement.
Gravé par TRESCA.

131 — Que n'y est-il encore.
Gravé par PETIT.

Que n'y est-il encore.
Avant la lettre.

132 — Première et deuxième scène de voleurs.
Gravé par GROR.

133 — Prends ce biscuit.
Gravé par VIDAL.

134 — Honni soit qui mal y pense.
Gravé par BONNEFOY.

135 — La Crainte mal fondée.
Gravé par Allais.

136 — La Tourterelle chérie.

137 — Ah qu'il est sot.
Gravé par Petit.

138 — Défends-moi.
Gravé par Petit

139 — Les Hommes se disputent.
Gravé par Chaponnier.

140 — Les Femmes se battent.
Gravé par Chaponnier.

141 — Le Portrait de l'absent.
Avant toute lettre.

142 — L'Amant poète, en couleur.
Par Levilly.

GÉRARD (Mlle)

143 — Espoir du retour.
Gravé par H. Gérard.

144 — Le Bouquet inattendu.

Gravé par H. Gérard.

145 — Dors mon enfant,

Gravé par H. Gérard.

Vitraux anciens

146 — XVe siècle. Deux Chérubins.

Paire de vitraux de fenêtre.

147 — XVe siècle. Deux Anges à genoux.

148 — XVe siècle. Deux Vitraux ronds. chérubins.

149 — XVe siècle. Deux Anges, paire de figures polychrome.

150 — XVe siècle. La Vierge tenant l'enfant, elle est représentée assise.

151 — XVIe siècle. Vitrail, Saint-Roch.

Fracture.

152 — XVIe siècle. La Vierge apparaissant à un saint abbé.

Daté 1521.

ROYBET (F.)

153 — Jeune homme buvant.

Buste grandeur nature. Signé du monogramme. Toile.

154 — Sous ce numéro, diverses gravures, dessins, etc.

RED. :

20

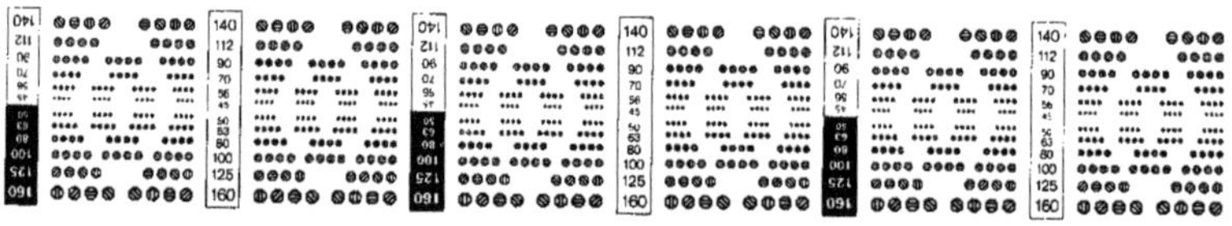

www.ingramcontent.com/pod-product-compliance
Ingram Content Group UK Ltd.
Pitfield, Milton Keynes, MK11 3LW, UK
UKHW020516180726
13839UKWH00005B/2128

9 782329 347592